b small publishing

Lucie Chat en ville

Lucy Cat in town

Catherine Bruzzone • Illustré par Clare Beaton
Traduction française de Marie-Thérèse Bougard

Catherine Bruzzone • Illustrated by Clare Beaton
French translation by Marie-Thérèse Bougard

1 Lucie Chat est en train de jouer.

2

C'est samedi.

Il pleut.

1 Lucy Cat is playing.

2

It's Saturday.

It's raining.

Voici la maman de Lucie.

Il est tard.

This is Lucy's Mum.

It's late.

6 — Je vais en ville.

7 — Aide-moi, maman!

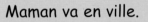

8

Maman va en ville.

Maman aide Lucie.

6 — I'm going to town.

7 — Help, Mum!

8

Mum is going to town.

Mum helps Lucy.

Maman monte dans la voiture.   Lucie monte dans la voiture.

Mum gets in the car.   Lucy gets in the car.

La route est mouillée.

Il y a beaucoup de voitures.

The road is wet.

There are a lot of cars.

13 Où est mon parapluie?

14 Le voici.

15 Merci, Lucie.

Maman cherche le parapluie.   Lucie trouve le parapluie.

13 Where is my umbrella?

14 Here it is.

15 Thanks, Lucy.

Mum looks for the umbrella.   Lucy finds the umbrella.

16 Où est mon panier?

17 Le voici.

18 Merci, Lucie.

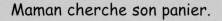

Maman cherche son panier.

Lucie trouve le panier.

16 Where is my basket?

17 Here it is.

18 Thanks, Lucy.

Mum looks for her basket.

Lucy finds the basket.

Maman cherche son porte-monnaie.

Lucie trouve le porte-monnaie.

Mum looks for her purse.

Lucy finds the purse.

Maintenant maman est pressée.

Lucie est triste.

Now Mum is in a hurry.

Lucy is sad

Lucie et maman entrent dans la boulangerie.

Elles achètent du pain.

Lucy and Mum go into the baker's.

They buy some bread.

28 BOUCHERIE

Voici la boucherie.

29 On va acheter...

30 de la viande.

Lucie et maman entrent dans la boucherie.

Elles achètent de la viande.

28 BUTCHER

Here is the butcher's.

29 We'll buy...

30 some meat.

Lucy and Mum go into the butcher's.

They buy some meat.

Mais maman est encore pressée.

But Mum is still in a hurry.

33 SUPERMARCHÉ

Voici le supermarché.

Lucie et maman entrent dans le supermarché.

34 On va acheter...

35 du miel.

Elles achètent du miel.

33 SUPERMARKET

Here is the supermarket.

Lucy and Mum go into the supermarket.

34 We'll buy...

35 some honey.

They buy some honey.

Lucie et maman vont au marché.

Elles achètent des fruits.

Lucy and Mum go to the market.

They buy some fruit.

Le voleur s'enfuit.

The thief runs away.

Tout le monde est fâché.

Everyone is angry.

Les pommes tombent par terre.

Les poires tombent par terre.

Les bananes tombent par terre.

The apples fall on the ground.

The pears fall on the ground.

The bananas fall on the ground.

Lucie arrête le voleur.

Lucy stops the thief.

Tout le monde remercie Lucie.

Everyone thanks Lucy.

52 JOUETS

Voici le magasin de jouets.

Lucie et maman entrent dans le magasin de jouets.

53

Voilà un chat en peluche.

54 Merci, maman!

Maman donne le chat en peluche à Lucie.

52 TOYS

Here's the toyshop.

Lucy and Mum go into the toyshop.

53

There's a fluffy cat.

54 Thank you, Mum!

Mum gives Lucy the fluffy cat.

Mots-clefs · Key words

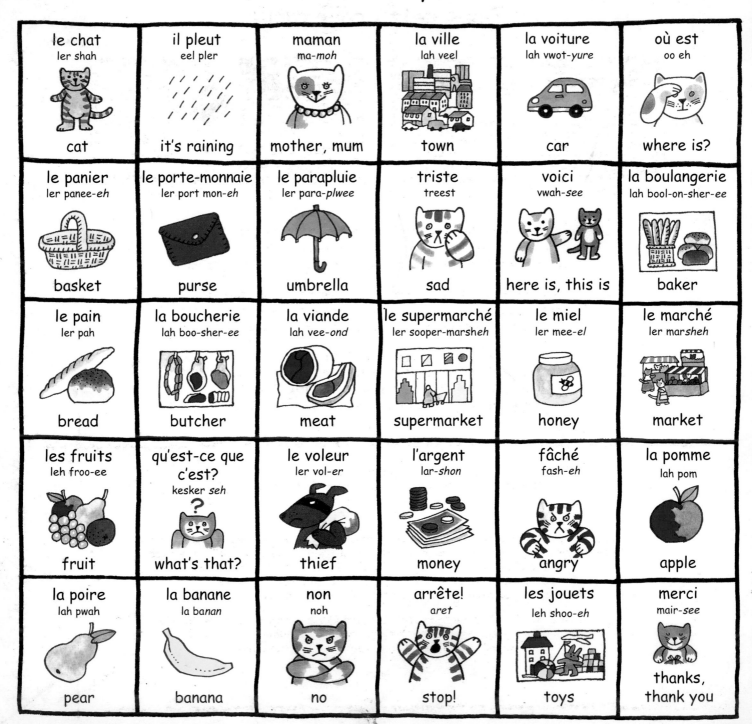

le chat ler shah **cat**	il pleut eel pler **it's raining**	maman ma-*moh* **mother, mum**	la ville lah veel **town**	la voiture lah vwot-*yure* **car**	où est oo eh **where is?**
le panier ler panee-*eh* **basket**	le porte-monnaie ler port mon-*eh* **purse**	le parapluie ler para-*plwee* **umbrella**	triste treest **sad**	voici vwah-*see* **here is, this is**	la boulangerie lah bool-on-sher-ee **baker**
le pain ler pah **bread**	la boucherie lah boo-sher-ee **butcher**	la viande lah vee-*ond* **meat**	le supermarché ler sooper-mar*sheh* **supermarket**	le miel ler mee-*el* **honey**	le marché ler mar*sheh* **market**
les fruits leh froo-ee **fruit**	qu'est-ce que c'est? kesker *seh* **what's that?**	le voleur ler vol-*er* **thief**	l'argent lar-*shon* **money**	fâché fash-*eh* **angry**	la pomme lah pom **apple**
la poire lah pwah **pear**	la banane la ba*nan* **banana**	non noh **no**	arrête! *aret* **stop!**	les jouets leh shoo-*eh* **toys**	merci mair-*see* **thanks, thank you**